Matthias Tölch
Das große Erwachen

AF272079

Matthias Tölch

Das große Erwachen

Science Fiction

Impressum

Bibliografische Information der Deutschen Nationalbibliothek:
Die Deutsche Nationalbibliothek verzeichnet diese
Publikation in der Deutschen Nationalbibliografie;
detaillierte bibliografische Daten sind im Internet
über http://dnb.dnb.de abrufbar.

Lektorat: Stephanie Wittern

Herstellung und Verlag: BoD – Books on Demand, Norder-
stedt

ISBN: 978-3-7583-1310-3

Inhaltsverzeichnis

ÜBERBLICKEND

Christiane wachte schmerzerfüllt auf. Der Rücken schmerzte. Das Gefühl kannte sie und neuerdings wurde es von Tag zu Tag stärker. Aber solange sie den Schmerz ignorieren konnte war alles in Ordnung.

Kurz zuvor war sie noch in einem wundervollen Traum gefangen. Grüne Wälder, grüne Wiesen und himmelblau war der Himmel. Der Grund des Sees war glasklar zu sehen. Die Umgebung war menschenleer, doch ihr Gefühl war überraschend gut. Sie vermisste niemanden.

Doch nun orientierte sie sich neu. Das Bett war zwar noch warm und gemütlich, doch der Traum war vorbei.

Vor ihr breitete sich die Dunkelheit des Raumes aus. Zwei Kubikmeter Schlafplatz, mehr hatte sie nicht zur Verfügung. Sie und die anderen achtzehn Milliarden Menschen. Das japanische Prinzip hatte sich in den letzten 200 Jahren durchgesetzt. Kapselhotels waren nicht nur in Mode gekommen, sondern hatten sich aufgrund des Platzmangels durchgesetzt. Die Idee die Osaka im

Jahre 1979 zum ersten Mal ausprobiert wurde hatte die Realität erreicht. Alle Einzelzimmer waren abgeschafft. Dies führte am Anfang zu günstigen Übernachtungspreisen und auch für eine sehr hohe Energieeffizienz. Raum der nicht gebraucht wurden, musste auch nicht klimatisiert werden.

Draußen war der Himmel schwarz, nur die Satelliten leuchteten. Satelliten waren in den letzten Jahrhunderten zum allabendlichen Anblick geworden. Nach der Satellitenoffensive des 21. Jahrhunderts hatten sich die Wissenschaftler damit abgefunden nicht mehr frei durch Teleskope in den Weltraum schauen zu können.

Zur Kontrolle des Universums hatte sich eine Art von Weltraumpolizei gebildet, die durch eigene Satelliten den Nahbereich sauber und den etwas weiteren Bereich gut beobachtet lies.

Alles wurde durch die allgegenwärtige künstliche Intelligenz das große Erwachen kontrolliert. Alles war online. Alles war verfügbar in einer zentralen Wolke, die alle Information, die jemals Digital erzeugt wurden, enthielt.

Das im 20.Jahrhundert sich durchsetzende Internet wurde mehr und mehr durch das große Erwachen kontrolliert. Kurzfristig hatte sich die Community frei entwickelt. Als Weltkonzerne darauf aufmerksam wurden, dass mit dieser Art von Information viel Geld zu verdienen war, infiltrierten sie das Netz. Erst unterschwellig, dann offensichtlich. Kleinere Unternehmungen wurden vor dem Hintergrund der Optimierung gekauft und integriert. Dadurch entstand ein Megakonzern mit weltweitem Einfluss.

Doch dann passierte das große Desaster. Ein Megavirus entwickelte sich und infiltrierte viele Regierungssysteme. Öffentliche Kommunikation wurde in der westlichen Welt, wie sie früher hieß, fast zum Erliegen gebracht. Sicherheitsexperten schafften es, die existentiellen Systeme am Laufen zu halten. Ein negativer Einfluss auf das globale Finanzsystem hatte dieses Virus trotzdem.

Der Trend entgegen verschiedener Bündnisse hatte Anfang des 21. Jahrhunderts angefangen. Ehemalige große Volkswirtschaften hatten sich aus den Bündnissen verabschiedet und ihr den wirtschaftlichen Erfolg in einzelnen Verträgen gesucht. Einzeln betrachtet war dies auf kurze Sicht von Erfolg gekrönt, global betrachtet war dies Mittelfristig ein Desaster. Jeder Staat war ab diesem Zeitpunkt für sich selber verantwortlich und der Zerfall des internationalen Wissens hatte seinen Ursprung.

Einzelne Netze waren angreifbarer, bis das Hochziehen einzelner neuer Grenzen begann. Führende Nationen wurden zu Vasallen größerer Organisationen.

DAS KAPSELHOTEL

Im Kapselhotel ging der Tag schon früh los. Frühmorgens klingelte der erste Wecker und an Ruhe war nicht mehr zu denken. Nach und nach trafen sich sie im zentralen Gemeinschaftsraum. Die Wege waren nicht weit, denn die Kapsel der Bewohner mündeten alle im Gemeinschaftsraum. Bienenvölker hatten eine ähnliche Sozialstruktur wie die Kapseln der Bewohner.

Frühstück musste nicht mehr vorbereitet werden, da die automatisierten Abläufe den Bewohnern ihr Lieblingsessen servierten, bevor sie den Wunsch danach aussprachen.

Die Wohngebiete waren strikt getrennt von den Zonen in denen gearbeitet wurde.

Der Arbeitsweg stellte kein Hindernis nach dieser Wohnform dar, da nach dem kompletten Ausbau des

Verkehrswesens, Autos zu einem historischen Verkehrsmittels geworden waren. Die Bevölkerung wurde im Hyperloop überall auf der Welt hin transportiert.

Entfernungen spielten keine Rolle mehr, jeder konnte wohnen wo er wollte und die Mietpreise für die Kapseln waren standardisiert worden. Es gab Tarife je nach Länge des Aufenthaltes. Es Kurz-, Mittel- und Langzeittarife.

Der Kurzzeittarif umfassten wenige Stunden, die Mitteltarife einzelne bis wenige Tage und der Langzeittarif ab einer Woche Anwesenheitszeit war immer gleich teuer, weil die Kapseln grundsätzlich einmal am Tag gereinigt wurden, um einer Seuchengefahr entgegenzuwirken.

Natürlich waren einige Kapselhotels beliebter als andere, aber das lag eher an den ausgefalleneren Namen, denn der wirklichen Lokation, da die Kapselhotels ohnehin gleich standardisiert waren.

Die typische Kapsel war einem Schlafplatz und mit einer Multimediaeinheit zur Kommunikation, die mit dem implantierten Kryptochip interagierte, ausgestattet.

Standards hatten die Möglichkeit des Neids reduziert, da es nur eine Ausstattung gab und die überall gleich war.

DIE HANDWERKER

Handwerker waren zu Nomaden des neuen Zeitalters geworden. Nur wenige Technikbegeisterte kannten sich mit der Technik aus und wurden sofort gebucht, wenn eine Reparatur, der teilweisen Uralttechnik notwendig war. Die Aufträge der Nomaden nahmen eher zu wie ab und deshalb waren die Spezialisten so beliebt, weil die gewohnt zu benutzende Technik zumindest für eine gewisse Zeit wieder funktionierte.

Thies Ribbon war so ein Handwerker. Er hatte sein Wissen von seinem Vater durch mündliche Überlieferung und praktisches Erlernen unter dessen Anleitung in seinen Erfahrungsschatz integriert. Dies war der erfolgreiche Weg der Handwerker das Wissen von einer Generation zur nächsten zu konservieren.

Sein Vater Thies Ribbon Senior hatte zwar einmal gesagt, dass Handwerker für gute Arbeit gelobt und bezahlt werden müssten, aber die Realität sah anders aus.

Bei vielen Fehlern hatte man gut zu tun. Baute man die Anlagen zu gut, waren die Kunden sehr zufrieden, aber man verdient fast nichts und ging wo möglicherweise Pleite, weil man nichts zu tun hatte.

Thies Ribbon Senior hatte schließlich die Idee Wartungsverträge abzuschließen und so zumindest auf ein Grundeinkommen zu kommen.

Windige Scharlatane bauten nicht offensichtliche Fehler ein, sodass sie in regelmäßigen Abständen zu Geld kamen und es nicht auffiel dass die Anlagen fehlerhaft waren.

Thies Ribbon missbilligte diese Vorgehensweise, sodass er zwar einen guten Ruf, aber kein hohes Einkommen besaß.

Sein neue Idee war Leasingverträge abzuschließen, dessen monatlicher Betrag von der durchschnittlichen Betriebszeit ohne Fehler abhing.

NAHRUNGSMITTEL

Essen war zum Mittel zum Zweck geworden.

Ökotrophologin Stephanie wusste dies nur zu gut.

Alles wurde in Ernährungseinheiten angegeben. Nahrung durfte nicht verschwendet werden. Selbst nicht mehr nutzbare Lebensmittel mussten zurückgegeben und recycelt werden. Aller Kohlenstoff dieser Erde wurde gebraucht.

Der Luxus der Nahrungsmittel bestand darin, dass erstens nicht alles immer zur Verfügung stand und zweitens alles für Geld anscheinend jederzeit zu Kaufen zur Verfügung stand.

Die Wissenschaft war mittlerweile so weit, dass alles synthetisch zur Verfügung stand, solange man den aufgerufenen Preis bezahlen konnte.

Notfalls klonte man Lebensmittel. Man benötigte nur eine Idee für den Klon. Wissenschaftlich war alles, was in diese Richtung ging, erforscht und künstlich herstellbar.

In dieser Welt waren alle Lebensmittel mit dem 3D-Drucker herstellbar. Die notwendigen Grundstoffe waren als sogenanntes Firmament lieferbar und die Mischung der Lebensmittel organisierte der Drucker selbst nach den Bedürfnissen und den notwendigen Rohstoffen für ein gesundes Leben. Die Koordination passierte in Kombination mit der Nahrungsmittelapp, die natürlich automatisch kommunizierte.

URLAUB IN DER SCHEINWELT

Mads Minerva experimentierte mit diesen grundsätzlich interessanten Dingen. Man brauchte nur Ideen und man konnte alles umsetzen. Alles war möglich, so schien es jedenfalls.

Aber auch jeder gute Wissenschaft braucht mal Freizeit und der künstlich Implementierte Urlaub war die Möglich nach der Arbeit abzuschalten und sich am nächsten Tag mit seinen Urlaubserinnerungen zu motivieren.

Mads erlebte für seine Tauschobjekte eine tolle Erinnerung, grüne Wälder, blühende Wiesen und einen Bergsee, der klar bis zum Grund war. Menschenleer war sein Umfeld und gefühlt war er schon Stunden in seiner Urlaubswelt unterwegs. Die ganze Landschaft war mehr als ein Traum.

ZUSAMMENTREFFEN

Christiane stieg in den Hyperloop nach „New" York ein. Innerhalb von kürzester Zeit sollte sie an ihrem Arbeitsplatz angekommen sein. Sie war Concierge am Barack-Obama-Zentrum. Das Gebäude, das am ehemaligen Platz der Twin Towers vor zwei Jahren erbaut worden war. Zwischendurch standen dort auch andere Gebäude, dessen Name sie nicht wusste. Die Rückenschmerzen waren verschwunden und der Tag konnte beginnen.

Sie arbeitet im Eingangsbereich, vor ihr stand eine Trennwand, die ihr bis zum Gürtel reichte. Die Trennwand hatte den Zweck ihr Informationen zur Verfügung zu stellen, ohne dass der Fragende die Antworten direkt selber lesen konnte.

Im Prinzip hätte die Informationsweitergabe auch ohne sie funktioniert. Aber Menschen unterhielten sich lieber mit Menschen als mit Maschinen. Das Hologramm hinter ihr wurde immer dann eingeblendet, wenn die Leute nach dem Weg fragten und eine Erklärung benötigten. War die Information vollständig, wurde der Inhalt auf die vielleicht antiquarisch wirkenden Smartphone übertragen, aber die Menschen hatten sich an die Existenz gewöhnt. Außerdem gab es immer noch Leute, die ihr Smartphone zu Hause liegen ließen. Denen wurde mit beweglichen Begleitern, die Möglichkeit eröffnet sich in den Komplexen Gebäuden führen zu lassen.

Thies Ribbon erreichte das Barack-Obama-Zentrum. Er war zum Zentrum gerufen worden, weil mal wieder einer der Aufzüge zicken machte. Es war wie er es schon oft in seinem Arbeitsleben erlebt hatte, in dem Moment als er beim Kunden beim Empfang stand, funktionierte der Aufzug wieder.

Also registrierte er dort seinen Besuch am Empfang, er benötigte für die Rufbereitschaft zumindest noch eine

Quittierung, dass er in dem Gebäude den Check hätte machen wollen.

Am Empfang hatte immer noch Christiane Dienst. Sie kannte Thies flüchtig und wusste dass er eine Bestätigung für seine angestrebte Tätigkeit benötigte.

Sie wünschten sich beide noch einen schönen Tag und jeder ging seinen weiteren Tätigkeiten nach. Jack hatte noch einen Folgeauftrag im Nachbargebäude und hoffte seine Tätigkeiten dort aufnehmen zu können.

Christiane schaute auf die Uhr noch zwei Stunden bis zur Mittagspause auf die sie sich besonders freute, weil ihre Freundin Stephanie wiedersah.

Sie wollte ihr von ihren Urlaub in der Karibik erzählen. Endlich mal eine Abwechslung im Laufrad des Lebens. Noch zwei Stunden dann hatten sie eine halbe Stunde Zeit sich auszutauschen.

Die zwei Stunden zogen sich, doch die Freude über neue Informationen über das Urlaubsziel. Die Karibik war ihr beider Traumziel. Stephanie hatte ihn wahrgemacht und Christiane konnte sich weder den Urlaub noch Medikamente gegen ihre Rückenschmerzen leisten, aber zu mindestens der Kaffee in der Kantine stellte finanziell kein Problem dar.

Die Mittagspause nahte, Christianes Ablösung kam und sie hatte Zeit sich rechtzeitig zur Kantine zu begeben.

Die Kantine für Bedienstete befand sich im Keller. Da Licht am Tag kein Problem darstellte waren die Kantinen im Keller und mit natürlichen Lichtfarben geflutet.

Steffi erzählte von ihrem Urlaub und hatte zur Untermalung der ganzen Erlebnisse noch ihre ganzen Videos in die Cloud hochgeladen, so dass sie sich alle Erlebnisse auf der großformatigen Filmwand anschauen konnten.

Tolle Bilder und kurze Filme, wie in einem Werbefilm, um Urlaube zu verkaufen. Nach einer halben Stunde war Christiane nicht zu Wort gekommen, hatte aber zumindest schöne und interessante Informationen erhalten. Doch nun war die Mittagspause zu Ende und sie musste zurück zu ihrem Job. Steffi hatte auch schon den nächsten Termin und so trennen sich die Freundinnen. Der Rest des Tages verlief ohne besondere Höhen und Tiefen.

Der Arbeitstag neigte sich dem Ende und über das nach Hause fahren machte man sich keine Gedanken, da die Hyperloops seit Jahren ein sicheres und zuverlässiges Verkehrsmittel darstellten.

DIE BIBLIOTHEK

Lernen durch Bücher war seit der Digitalisierung nicht mehr möglich, da keiner seinen kostbaren Wohnraum im Kapselhotel dafür opfern wollte. Dadurch bewahrte keiner mehr das durch die Bücher konservierte Wissen seiner Vorfahren auf.

Um das digitalisierte Wissen lesen zu dürfen waren spezielle Abonnements notwendig. Um spezielles Wissen zu erlangen waren verschiedene Levels zu durchlaufen. Wenn diese vollständig erledigt waren, bekam man die Möglichkeit auf erweitertes Wissen zu zugreifen.

Viele der alten digitalisierten Bücher waren noch in den alten Sprachen des 20. Jahrhunderts geschrieben. Dieses Wissen um die alten Sprachen war nicht mehr allen zugänglich, da Gendisch als Ersatzsprache ab Ende des

21. Jahrhunderts verpflichtend an allen Schulen der Welt eingeführt worden war.

Es gab zwar Universalübersetzer, aber denen war in der Regel nur die Umgangssprache bekannt. Spezielle Wörter waren nur allgemein übersetzbar. Weiterhin erschwerte die Übersetzung, die teilweise Inkompatibilität der neuen Sprache mit den alten Zeichensätzen, die zwar im 20.Jahrhundert genormt waren, aber nicht auf das neuere System aus Vereinfachungsgründen übernommen wurden.

Im gemeinen Leben hatte sich die Bildsprache der Piktogramme durchgesetzt. Für jeden möglichen Gegenstand gab es ein Symbol.

Thies Nobbir spendete all seine freie Zeit der Bewahrung der alten Sprache. In seiner gesamten Lebenszeit hatte er alle Gelegenheiten genutzt, um alle ihm zugänglichen Bücher zu lesen. Durch das mittlerweile bedingungslose Grundeinkommen hatte er mittlerweile die Zeit, sich mit vielen Dingen zu beschäftigen, die für die Einarbeitung lange Zeit dauerte.

Als Tauschgeschäft gab er kleinere mündliche Dossiers heraus, und lies sich mit Zugangsdaten zu Wissen entlohnen. Er erweitert sein Wissen ständig und Partner kamen in den Genuss von Informationen für dessen Erarbeitung sie entweder keine Lust, keine Zeit oder zu wenig Verständnis für alte Sprache hatten.

BRENNSTOFFE

„Brennstoffe haben unsere Wirtschaft über Jahrhunderte beeinflusst. Je nachdem welche Möglichkeiten in den jeweiligen Jahrhunderten zu Verfügung beschleunigten oder verlangsamten sich die Evolution.

Am Anfang nutzte man die Bäume als Rohstoff zum Bau oder für die Energiegewinnung. Standen keine Bäume mehr zur Verfügung musste die Energiequelle oder das aus zu bedeutende Gebiet gewechselt werden.

Dies funktionierte über Jahrhunderte sehr gut, da sich verlassene Gebiete sich selbst renaturierten.

Im frühen 19.Jahrhundert wurde Benzin entdeckt. Dieser Rohstoff war günstig zu fördern und stand in ausreichender Menge zur Verfügung.

Alternative Rohstoffe bevorzugten besonders die Ländern, die keine bzw. wenige Zugänge zu diesem Rohstoff hatten.

Anfang des 20.Jahrhunderts gab es in einem Land sogar ein Gesetz, das ökologisch hergestellten Brennstoff unter Strafe verbot, aber dieses Verbot war nicht dauerhafte. Als die darauf aufbauende Industrie aufgebaut war, verschwand das Verbot wieder, da die Technik für Öl preiswert zu beschaffen, und die Alternative unnötig teuer war, und so aus dem öffentlichen Horizont verschwand.

Im 20.Jahrhundert fanden zwei schreckliche Weltkriege statt. Kriege gab es zwar jederzeit auf der das offensichtliche nicht mehr zu ignorieren Erde aber sie erstreckten sich nun über den gesamten Globus.

Friedliche Forschung wurde zugunsten der Kriegsmaschinerie eingestellt und nur wenige schlaue Köpfe konnten im Geheimen ihre wirklichen Entwicklungen fortführen.

Das gemeine Volk zog in den Krieg und die ihre Kinder lernten zwar noch wenn sie Glück hatten lesen und schreiben, aber auch nicht mehr.

Wissen stand nur sehr wenigen zur Verfügung und wurde in großen Enzyklopädien herausgebracht. Aber nur wenige hatten die Möglichkeit sie zu Lesen und noch weniger die die Möglichkeit hatten nutzten sie.

Nach den erschreckenden Erlebnissen stand der Wiederaufbau und die Möglichkeiten des Konsums im Vordergrund vieler Menschen und herannahende Ereignisse wurden öffentlich unterdrückt.

Doch als das offensichtlich nicht mehr zu verbergen war, gab man es zu und machte mit dem neuen Konzept noch höhere Gewinne als je zuvor."

Mattes schrieb diese Worte auf, ohne zu wissen, ob sie jemals gelesen werden würden, aber seine Stimmung stieg, als er seine Gedanken niedergeschrieben hatte.

So viele Stunden hatte er in Archiven verbracht, um seine Vermutungen zu untermauern. Aber als er die Flut von Informationen sichtete, fand er das alles noch viel

krasser und vielschichtiger war als er es je am Anfang
vermutet hätte.

KOMMUNISMUS

Die Idee von Marx und Engels hatte als unmögliche Utopie in die jeweils gültigen Geschichtsbücher Einzug gehalten. Die Idee alle Menschen sind gleich war damals, wie heute eine unmöglicher Zustand. Im Gendisch, wie die allgemeingültige Sprache heute hieß, war das neue Wort gleicher eingeführt worden.

Selbst vor ehemals technischen Begriffen hatte die neue Sprache kein Halt gemacht.

Selbstverständliche Begriffe, wie Master und Slave, Meister und Sklave, wurden in der Technik durch Hauptstelle und Nebenstelle ersetzt.

Weltliteratur wurde umgeschrieben und so entstand ein Häuptling.

Marx und Engels hatten die Idee, das allen alles gehörte und nichts einem allein. Diese Idee war revolutionär nur aufgrund der Gier der Menschen nicht umsetzbar.

Interessanterweise waren selbst die zehn Gebote oder die Encarta der Menschenrechte, Gesetze, die in diese Richtung gingen.

Leider waren selbst die Menschenrechte nicht absolut, sodass viele von ihnen je nach Lage modifiziert wurden und dem jeweiligen Weltbild zugeordnet werden konnte.

KAMPFSTOFFE

Tolkien gilt als einer der Begründer des Schreibens fantastischer Texte. Für seine Texte bearbeitete er seine Kriegstrauma in seinen Romanen. Alles was er schrieb waren die Erlebnisse seines Lebens und wurde von ihm in eine andere Realität übersetzt. Seine Weltliteratur galt am Anfang als Kinderliteratur, später als Erwachsenenliteratur und wurde erst später anders interpretiert.

Sarin war die Wunderwaffe im 1.Weltkrieg und für die Kämpfenden 100% tödlich. Doch als Kriegslist total legitim, da es keine Gesetze dagegen gab und erst später wurden die Bedenken gegen den Einsatz umgesetzt.

Soldaten waren zu solchen Zeiten Mittel zum Zweck und der Tod war das notwendige Übel eine Chance zu bekommen, um berühmt zu werden.

Über den Sinn dieser unfairen Kampfhandlungen wurde erst später untersucht und gerichtet.

Die Dokumentation der Lagerstätten nach den Kriegen war geheim und wurde auch auf Nachfrage nicht beantwortet. Wurden die Lagerstätten undicht wurden kleinere Unfälle gemeldet, die aber in den öffentlichen Nachrichten nicht erklärt oder bearbeitet wurden.

Die Natur holte sich ihr Terrain zurück, es dauerte nur Zeit das sich die Lebewesen auf die veränderte Situation einstellen konnten.

Nach Kriegen wurde normalerweise nicht darüber nachgedacht, ob im Boden irgendwelche Rückstände vorhanden waren. Die Bevölkerung brauchte Wohnraum. So wurde der Boden nicht untersucht, sondern schnellstmöglich Wohnraum für die Geflüchteten und die Ausgebombten gebaut.

Erst sehr viele Jahre entdeckten die Erbauer neuer Gebäude, dass sie auf tickenden Maschinen standen.

Neue Gesetze wurden erlassen und neue Häuser wurden erst nach aktualisierten Bodengutachten genehmigt.

DER DRITTE WELTKRIEG

Nach dem letzten großen Konflikt der Menschheit hatten sich die Überlebenden zusammengerissen. Der letzte große Krieg vernichtet 85% der Landfläche. Sodass alle Menschen in einer Megacity wohnten.

Den meisten Menschen wurde vorgegaukelt wir würden auf verschiedenen Kontinenten leben, aber dies war falsch. Die Namen der Orte erinnerten an die Vielschichtigkeit des verlorenen 20. Jahrhunderts. Die Namen der Städte waren geblieben, aber der Großraum in dem sich die Aufenthaltsbereich befanden waren alle in einem Gebiet von 10.000 km^2 erreichbar.

Nicht 18 Milliarden hatten es geschafft, sondern 18 Millionen, was der der Bevölkerung Europas im Mittelalter entsprach.

Wenigen viel auf, dass man sich häufig sah, und interpretierten diesem Punkt unter den Möglichkeiten des Hyperloop, weil schließlich die gesamte Welt in 60 Minuten erreichbar war, was einen Wahnsinn der Geschwindigkeit darstellte.

SCHMERZEN

Ich habe Rücken, so war der Spruch von vielen. Doch die Ursache ihrer Schmerzen hatte sehr oft andere Gründe. Überlastung war das Thema über das kaum jemand sprach.

Die Kannabisforschung hatte im 21. Jahrhundert sehr große Fortschritte gemacht, wurde aber zugunsten der Gewinnoptimierung wieder an Erfolge verknüpft.

Mit heilenden Medikamenten waren keine Gewinne zu erwirtschaften, diese waren aber notwendig um andere Ziele zu erreichen.

Die Schmerzmedikation lindert in der Regel die Schmerzen, für Stunden aber nicht für länger.

Durch konsequente Stimulation der Neurotransmitter konnte man die Schmerzen auf ein Mindestmaß reduzieren, notwendig dazu war ein Mindestscore auf dem allgemeinen Zentralserver.

Notwendige Sequenzen wurden anhand einer programmierten Dosis des Schmerzmittels künstlich und personenbezogen erzeugt.

VIRUS

Corona war allgemein als Hintergrundstrahlung der Sonne Biersorte bekannt.

Nun sollte dieser Begriff als besonderer Virus in die Dokumentation der Seuchen dieser Welt eingehen.

Millionen Opfer fand dieser Virus doch besonders war er nicht nur einzigartig.

Der Schnupfenvirus war ähnlich gefährlich, den Älteren machten beide mehr zu schaffen als den Jungen.

Das besondere an Corona war seine Publizität.

Flugrouten wurden gestrichen. Einreise in einzelne Länder war nicht mehr möglich, doch welchen Sinn machte diese Vorgehensweise.

Der Test einer möglichen Eindämmung weltweit, wie sehr dieser Virus das globale Leben lähmte oder in wie weit Einschränkungen möglich waren ohne die globale Wertschöpfung einzuschränken.

Die Eindämmung der Bevölkerung geschah in verschiedenen Stufen, während einige vorsichtig agierten, war der allgemeinen Masse die sich anbahnende Epidemie egal. Es wird schon nichts passieren war die allgemeine Erklärung.

Stückweise änderte sich das als die sogenannte Freizeitgesellschaft in Ihren Freiheiten beschnitten wurde. Alles wurde auf das Arbeiten und das zu Hause anwesend sein beschränkt.

Alle warteten auf das Große Erwachen der Freizeitgesellschaft, damit alles wieder seinen gewohnten Gang nehmen konnte.

Ohne Einschränkungen der einzelnen Persönlichkeiten sich frei wieder bewegen zu können.

Doch dies war nicht ohne Prämissen möglich. Der Tauschhandeln Impfung gegen Mobilität ist die eine Seite, Gesundheit eine andere.

BILDUNG ALS GESCHÄFT

Bildung hatte sich in der sich um Gewinne drehenden Gesellschaft zu einer zu Gewinn bringenden Tätigkeit entwickelt.

Alle nicht zu Gewinn führenden Tätigkeiten wurden als unnütz angesehen.

Dies änderte sich erst, dann als man merkte dass nur mit Gewinn keine Gesellschaft überleben konnte.

Einige Tätigkeiten, die der Weiterentwicklung der Gesellschaft und deren soziale Absicherung dienten, waren privatisiert worden. Anfangs funktionierte dieses System ganz gut, nur war das nicht der Verdienst der Privatisierung, sondern die Nachwirkungen des vorrangigen Systems.

Jahre später merkte man, dass mangels Investitionen die eingesetzte Technik veraltete und nach und nach unbrauchbar wurde.

Als dieser selbstauferlegte Sparzwang zugunsten des Shareholder durchgesetzt wurde, stiegen die Gewinne zugunsten der Aktionäre, aber die mittelfristigen bis langfristigen Investitionen wurden nicht mehr durch geführt und alle systemerhaltenden Investitionen wurden auf Eis gelegt.

Als die nicht mehr überall vorhandene Kompetenz in größerem Umfang für den Aufbau des neuen Systems gebraucht wurde, fiel auf, dass die notwendigen Ressourcen vorhanden waren und die vorhandenen konsequent überlastet wurde. So kam es zu einem Systemkollaps von dem sich alle nur langsam erholten und im einer Neuordnung des Systems mündete.

Das Teilen von Tätigkeiten war unabdingbar notwendig, um alle notwendigen Tätigkeiten der Gesellschaft abbilden zu können.

Herrschten zu wenige Personen hatten sie nicht das allgemeine Interesse im Blickpunkt, sondern nur das Eigene und der Zeitraum war begrenzt, weil auch Ihr Leben irgendwann endete.

INFORMATIONSPOLITIK

Die ideale Informationspolitik gab es nicht. Entweder fehlte der Filter oder die Vielfalt der Informationen sprengte jeden Rahmen.

Informationsabschottung war eine Möglichkeit sich nicht allen möglichen Informationen überfrachtet zu werden.

Ein notwendiges System der Datensparsamkeit war notwendig um individuell mit den vielen Fakten, die vielfach noch in Zusammenhang standen, vernünftig umzugehen.

Jeder hatte eine andere Aufnahmekapazität, um mit Informationen umzugehen. Den einen überforderten schon die Dinge des täglichen Lebens, andere waren deutlich robuster und nicht jeder Themenbereich war für jeden geeignet.

In den letzten Jahrzehnten war so die personenbezoge-
nen Nachrichtenwelt entstanden. Zielgruppen wurden
als erste Stufe analysiert und die Information wurden
so in Sparten eingeteilt. Die nächste Stufe waren nicht
nur die zielgruppenorientierten Informationen, sondern die weitere Unterteilung und so die Anpassung an
das einzelne Individuum.

ÖFFENTLICHE ENTWICKLUNG

Die Entwicklung verfolgte verschiedene Ziele. Die Wirtschaftlichen waren vorrangig und die Persönlichen nachrangig zu bewerten. Alles zielte auf Wachstum, aber nur gesundes Wachstum brachte auch die Gesellschaft im Ganzen nach vorne.

Der Königsberger Emanuel Kant hatte dies schon vor Jahrhunderten geschrieben, aber aufgrund des Wegfalls der geschriebenen Literatur, war er nur noch wenigen bekannt.

Zwei seiner Äusserungen waren:

… und es könnte sein, dass die Menschheit reicher wird, indem sie ärmer wird, dass sie gewinnt, indem sie verliert.

oder

Wir leben in einer Welt, in der ein Narr viele Narren, aber ein weiser Mann nur wenig Weise macht.

ENTSPANNT ODER ANGESPANNT

Gespannt war jeder, nur kam es darauf an in welcher Richtung dieser Zustand angestrebt wurde.

Entspannung diente der Wiederherstellung der Energie zum auspowern während der Angespanntheit.

Die Diskussion, um Diss- und Desstress war schon länger wissenschaftlich bekannt.

Alles war erforscht, aber es wurde wissentlich dagegen Verstoßen, sodass der Gewinn immer im Vordergrund stand.

Die optimalen Möglichkeiten der Hominiden Existenz wurde so leider allzu oft infrage gestellt und so kam selten das Optimum für alle heraus.

PLANUNG, UNTERRICHT UND PROJEKTE

Was hatte Planung mit Unterricht, und was hatte Unterricht mit Projekten zu tun?

Nun ja, alle drei Themen waren vorbereitende Tätigkeiten, um Arbeitsergebnisse möglich werden lassen zu können.

Um Projekte bzw. Unterricht vernünftig durchführen zu können war eine umfangreiche Planung notwendig, diese musste konsequent überprüft und angepasst werden.

Inhalte die nicht unbedingt gebraucht konnten und mussten weggelassen werden, aber Grundlagenwissen sollte umfangreich mit realen Beispielen unterrichtet werden, da im Fachlichen sonst Argumentationslücken

auftreten konnten, die den Argumentationsfluss unter-
brachen und so zu Lücken führen konnten.

PROGRAMMIERER UND PARADIGMEN

Programmierer oder wie sie früher genannt worden sind, Informatiker entwickelten mit Ihren Programmiersprachen Paradigmen zur Abbildung der Realität in mathematisch lösbare Aufgabenstellungen, die durch Maschinen gelöst werden konnten.

Nur dass die Fähigkeit des Programmierens immer in mehr Berufsbilder einfloss.

Die logischen Hintergründe sind seit der Mitte des 19.Jahrhunderts bekannt und begründet. George Boole machte den Anfang und Konrad Zuse setzte sie erstmals 100 Jahre nach ihm in einer realen Maschine um.

Seitdem jagte die industrielle Entwicklung stets mit einigen Unterbrechungen nach Oben.

Das Schlagwort war Anfang des 21. Jahrhunderts Industrie 4.0.

Der Hintergrund dieses Wortes war in seinem Umfang kurz und knapp zu Erklären.

Um den vierten Level zu erreichen bedarf es zwangsweise drei Hauptlevel vorneweg.

Der erste Level war die Dampfmaschine gewesen, die James Watt zugeschrieben wurde.

Der zweite Level war die Arbeitsteilung nach Taylor gewesen. Die Automationstechnik war der dritte Level und mündete im vierten der Vernetzung von allem.

HANDSCHLAG

Der Handschlag war das Versprechen zu liefern.

Das Liefern konnte auf verschiedenartigen Ebenen gemeint sein.

Manchmal war der Ruf wichtiger als der Gewinn. Dies wusste auch Thies Ribbon nur zu gut. Er hatte seine zweite Baustelle verlassen und hatte somit wenigstens für heute sein persönliches Auskommen.

Thies Ribbon war Single, aber nicht aus Überzeugung. Er fand die Concierge vom Barack-Obama-Zentrum mehr als nur nett, traute sich aber nicht sie direkt anzusprechen.

Er war hin und hergerissen, einerseits war es unprofessionell mit Vertretern des Kunden um ein Treffen zu bitten, aber anderseits lernte man sonst niemanden neuen kennen.

Naja zumindest konnte er sich auf ein Treffen mit seinen alten Freunden freuen. Thies Ribbon, Thies Nobbir und Mads Niverva waren alte Kameraden, die sich seit der Grundschule kannten. Alle hatten nach der Schulzeit verschiedene Laufbahnen eingeschlagen, sich dabei aber nicht wirklich aus den Augen verloren und einmal pro Monat trafen sie sich.

Thies Ribbon hatte wie bei allen Treffen seine Schäferhündin mitgebracht. Seine treue Hündin war nach einer schweren Krankheit, die sie hinter sich lassen konnte, nur noch dreibeinig. Doch Hanna, wie sie hieß, machte dies im Geringsten nichts aus. Sie war ein fröhlicher Hund, der am liebsten im Bett schlief und Thies Ribbon hatte einen großen Vorteil gegenüber vielen. Da er Handwerker wohnte er offiziell in seiner Werkstatt und in dieser stand zufälligerweise noch ein altes Schrankbett, offiziell ein Museumsstück, aber wer hatte schon etwas dagegen, wenn man es benutzte und schließlich war das auch eine Methode des Recyclings.

Mads erzählte von seinem Urlaub und Thies Nobbir erzählte von einem Kunden, der etwas seltsam war. Er kaufte Wissen zu Themen, die er schon wusste. Quasi als Bestätigung und Reflexion.

So entwickelte sich der Abend, die Freunde trennten sich und wünschten sich eine „gute" Gesundheit.

NACHT

Christiane wachte auf, dieses Mal ausnahmsweise nicht von ihren gewohnten Schmerzen sondern vor Schreck.

Hatte sie dies alles nur geträumt. Die Erinnerung war so präsent, als wäre er gerade passiert aber sie lag doch in ihrer Koje.

Sie hatte von ihrer Freundin Stephanie geträumt. Aber nicht nur von ihr, sondern auch von dem sympathischen Handwerker von heute Vormittag. Leider wusste sie seinen Namen nicht mehr, aber er war ihr mehr als nur in Erinnerung geblieben.

Aber warum küsste er ihre Freundin und nicht sie in diesem Traum. Na ja ihre Freundin hatte ja mehr Glück wie sie.

Aber es war noch zu früh zum Aufstehen und die Nachtruhe endete ohne weitere Träume.

Der Wecker klingelte und der Tag begann. Das Hamsterrad begann sich neu zu drehen, wie jeden Tag.

Nur heute wollte sie den Handwerker wiedersehen. Der Aufzug streikte bestimmt und dann würde er wieder vorbei kommen.

KÜNSTLICHER URLAUB

Mads Niverva künstlicher Urlaub hatte alle seine Ersparnisse gekostet. Doch dieser Urlaub war jeden noch so kleinen Bugs wert gewesen. Bug war eine Währung der Dreaming Company. In ihr rechnete man virtuelle Ausflüge ab.

Das Themenprogramm der Dreaming Company war vielfältig. Jeder Teilnehmer bekam einen auf jede individuell angepasste virtuelle Phantasie eingepflanzt, so behauptete zumindest die Werbung, die auf vielen Fassaden dargestellt und vermarktet wurde.

Die Dreaming Company hatte viele Angebote.

Angefangen bei einem Abendessen bis zur Weltreise bzw. Weltraumreise.

Mads Niverva hatte sich im unteren Preissegment umgesehen.

Minerva war nicht sein wirklicher Nachname, soweit er wusste und das war nicht wirklich viel über seine Herkunft.

Minerva war einer der Nachnamen für Kinder dessen Eltern nicht direkt bekannt waren.

Minerva war der Name einer römischen Göttin, soviel hatte Thies Nobbir herausgefunden. Es war ein Geschenk für Mads gewesen. Es gab noch mehr Nachnamen für Leute, die nicht wussten welche Abstammung sie hatten. Aber Mads hat zu diesem Zeitpunkt gerne einen Besonderen im Unbekannt gehabt.

So kam Thies Nobbir auf diese etwas ausgefalleren Variante.

Minerva war der Schutzpatron der Handwerker, Lehrer und Dichter.

Alternativ wäre dazu Meier, Müller und Schulz möglich gewesen, aber diese Namen beschrieben die Funktion und der Familienstamm war nicht eindeutig nachweisbar möglich.

In Gendisch waren keine arabischen Sprachen integriert worden, zur Vereinfachung der

Computersprache, die ursprünglich nach der Weltordnung des 21. Jahrhunderts amerikanisch, englisch und deutsch geprägt waren.

SCHULSYSTEM

Das Schulsystem verfolgte neue Ansätze. Die Noten
waren komplett abgeschafft. Es war nur ein mündliches
Feedback vorgesehen.

Verpflichtend war nur der Unterricht in Staatskunde
und in Piktogramme. Der Wahlbereich der Denglisch
und Mathe umfasste lag am Nachmittag und so
nahmen nicht viele Schüler an diesem Teil, weil sie sich
lieber ausruhten und lieber dem kostenlosen
Glücksspiel genannt Games frönten.

Thies Ribbon, Mads Niverva und Thies Nobbir kannten
sich von Mathe und Mads und Thies Nobbir kannten
sich zusätzlich noch von Denglisch.

Alle hatten acht Jahre miteinander in der Schule
verbracht und die Zeit genossen, aber mehr Zeit zur
Entwicklung Ihrer Persönlichkeit wurde Ihnen nicht
gegeben und geschenkt.

Die drei wüssten schon während der Schulzeit, dass dieses die Zeit gewesen war, die die Unbeschwertes in Ihrem Leben ist und war.

Einfache Sprache war der Ansatz, um Gendisch für alle begreifbar zu machen.

Kurze Sätze mit einfachen Aussagen, ohne Verschachtelte Sätze. Positive Sprache war ein weiterer Ansatz, um Texte besser verstehen zu können.

Dieser Ansatz wurde in der Pädagogik des 21. Jh. Schon verwendet, um mit Menschen zu kommunizieren, die ein Handikap bezüglich Ihrer Auffassungsgabe leider hatten. Dies schloss nicht aus, dass sie trotzdem liebenswert und wertvoll. Für die Gesellschaft waren.

PARTYS

Zusammenkünfte oder wie man vor 200 Jahren sagte: Partys, waren strengstens untersagt. Alle Zusammenkünfte, die für die wirtschaftlichen Interessen notwendig waren, durften ab 50 Personen nur nach Prüfung durch das Große Erwachen durchgeführt werden. Private Veranstaltungen waren auf 10 Personen begrenzt.

Ausnahmen gab es nur wenn die Orte des Treffens so groß waren, dass zwei Meter Sicherheitsabstand eingehalten wurden.

Virtuelle Partys unter den Gegebenheiten waren erlaubt, wenn die Videokonferenzen über die zentralen Server, des Großen Erwachens geführt wurden. So werden die Gruppen zu virtuellen Partys zusammengeführt.

Die Beteiligten wurden von den Videokonferenzsystemen erfasst und archiviert, sodass für die Volksgesundheit jederzeit nachgeprüft werden kann, wer mit wem welchen Kontakt hatte. So wurde sichergestellt, dass jeder „sicher" mit jedem Kontakt haben kann.

Natürlich war dieser Service nicht kostenlos. Die Währung für diese Partys war Cracky.

Cracky war eine Währung mit einem Blockchain. Dies war die Sicherheitsstufe zwei für das Große Erwachen, wer die Partys finanzierte.

DOPPELGÄNGER

Von jedem Bewohner gab es einen Doppelgänger.

Diese Doppelgänger bewohnten nicht das Gebiet der Erstlinge, sondern wohnten an einem Ort in der Erde, der keine direkte Verbindung zu der Welt der Erstlinge hatte.

Nur das Große Erwachen hatte einen Zugriff auf ihre Welt.

Eine historische Metallband, die mittlerweile kaum jemanden bekannt war, brachte im 21. Jh. einen Song heraus, der Noise hieß. Dort wurde ein kritischer Blick auf Konsumverhalten und Wirklichkeit gezeigt. Das Große Erwachen hatte ihn auf dem Index, aber Thies Nobbir war er bei Recherchen schon aufgefallen, hatte ihn aber nicht schriftlich dokumentiert.

Das böse Geheimnis der Doppelgänger war, dass sie menschliche Ersatzteillager für die Erstlinge waren ohne, dass sie wussten, dass sie existierten.

Klonen war zwar möglich, aber nur im Ganzen. Sobald Ersatzteile gebraucht wurden, wurde ein Doppelgänger oder Zweitling ausgeschlachtet, getötet und neu geklont.

Da die Allgemeinheit nicht die Information über das moderne Gesundheitswesen betraf, störte die Vorgehensweise auch niemanden.

Wenigen war aufgefallen, dass die Existenz von Kindern in der Gegenwart nicht mehr vorhanden war.

ZWECKBAUTEN

Thies Nobbir, Mads Minerva und Thies Ribbon hatten eine lebhafte Erinnerung an ihre Schulzeit.

Aber Lebenspartner hatten sie nicht, nur den täglichen Überlebenskampf.

Ihnen drei war nicht aufgefallen, dass alle Gebäude in denen ihre Unterrichtsräume untergebracht waren, mittlerweile abgerissen worden waren und durch andere Zweckbauten ersetzt worden waren.

Die gute alte Schule mit Lehrern als Lernbegleitern war ein Relikt der Vergangenheit.

Die Gebäude, die anstelle der alten Schulen gebaut worden waren, waren hypermoderne Gebilde, die technisch das Machbare enthielten.

Die ersten waren Zukunftslabors und im zweiten Schritt baute man das technisch nur noch das Notwendige ein.

Die eigentliche Neuerung war, dass diese Gebäude sobald sie fertig waren, keine Menschen mehr benötigten.

Alle Gebäude konnten sich eigenständig in Stand halten und Wartungsarbeiten alleine erledigen.

Durch die Entwicklung zur Nutzung von regenerativer Energiequellen und der Energiespeicherung hatte jedes Gebäude eine Teilautonomie und versorgte sich selbst.

Ältere Gebäude wurden von den Handwerkern repariert und gewartet. So wie die Gebäude ersetzt wurden, war die Dienstleistung der Handwerker nicht mehr notwendig.

POLITIKER

Die Regierenden, wie man in alter Literatur lesen konnte, waren in den letzten Jahrzehnten zum Relikt der Vergangenheit geworden.

Das große Erwachen hatte den Gesamtüberblick über alle Geschehnisse und relevanten Informationen.

Während im 20 und 21 Jahrhundert viele Länder, um die Vorherrschaft auf der Erde kämpften, war auf der bekannten Welt dies nicht mehr notwendig.

Sie waren alle ersetzt worden, nur das große Erwachen hatte sich menschlicher Züge zu Nutzen gemacht, da Menschen am liebsten mit Menschen kommunizierten.

Den Verbliebenen viel dieser Fakt gar nicht auf.

Wahlen gab es alle 5 Jahre, keiner wusste warum, aber man hatte dies in der Demokratie schon immer gemacht.

Die Wahlbeteiligung war immer vollzählig. Dies hatte den Hintergrund, dass am Wahltag das Kommunikationsmodul nur dann freigeschaltet wurde, wenn man gewählt hatte.

KOMMUNIKATIONSMODUL

Christiane mochte Ihre Multimediaeinheit. Wenn sie zu Hause in ihrer Kapsel war, verflogen alle Gedanken an den Alltag.

Sie hatte ihre Spiele zur Zerstreuung Ihrer Gedanken und meist schlief sie auch beim Spielen ein.

Andere wie Thies Ribbon liebten historische Actionfilme und Thies Nobbir schaute Historienfilme.

Kommunikationsmodule hatten den Vorteil, dass sie für die Benutzer komplett kostenlos waren, der einzige Preis war, dass die Information, was sie taten an das große Erwachen weitergeleitet wurde.

KOSTENLOSE INFORMATION

Daten oder Informationen, wie sie umgangssprachlich genannt wurden, kosteten auf den ersten Blick keinen Gegenwert, solange es nicht um Examina ging.

Allgemeine Informationen wurden auf den Multimedia-terminals dargestellt und Christiane freute sich auf die neusten Updates für ihre Spiele.

Am interessantesten fand sie Strategiespiele und kämpfte gegen den elektronischen Gegner um Punkte.

Mal gewann der eine mal der andere.

Spielen ohne Gewinn machte ja auch keinen Spaß.

Thies Nobbir interessierte sich eher für die technischen Hintergründe bei diesen Spielen.

Er meinte, man könnte ja beim Spielen an ein Training denken. Man ließ den Trainer regelmäßig gewinnen und trainierte nebenbei noch die künstliche Intelligenz.

Thies Nobbir philosophierte darüber, ob es sich bei dem Training einer künstlichen Intelligenz auch um Daten handelte, weil diese ja Soft Skills waren.

Diese war schon so oft ein Streitgespräch zwischen Ihnen gewesen.

SONNENAUFGANG

Christiane wachte auf. Die Sonne war gerade aufgegangen. Sie fühlte sich fit und heute war der letzte Arbeitstag vor ihrem Urlaub. Sie kletterte schnellstmöglich aus ihrer Kapsel, machte sich fertig, zog sich einen Kaffee im vorübergehen und war im Hyperloop zu ihrer Arbeit.

Dort angekommen arbeitete sie freudestrahlend und als der Aufzug ausfiel hatte sie noch viel bessere Laune, als sie sie schon hatte.

Sie dachte, jetzt ist der Aufzug kaputt und der nette Handwerker kommt bestimmt, um ihn wieder in Gang zu setzen. Nur heute war sie mit sich einen Schritt weiter. Sie wollte ihn ansprechen, ob er Lust hätte mit ihr einen Kaffee zu trinken. So kamen sie sich hoffentlich unverfänglich näher.

Thies Ribbon war zwei Stunden später vor Ort, und stellte sich an der Rezeption an, um mitzuteilen, dass er den Aufzug reparieren wollte.

Christiane teilte ihm mit, welcher Aufzug defekt war. Nach der Reparatur sagte sie, hätte sie noch was Wichtiges mit ihm zu Besprechen.

Thies Ribbon meldete sich nach der Reparatur zurück und sie unterhielten sich in der Cafeteria, da Christiane zu ihrem Glück Feierabend hatte, nur Thies wusste dies natürlich nicht.

So kamen sich die zwei im Gespräch immer näher und die Stunden verstrichen, sodass die Cafeteria auch geschlossen werden sollte.

In diesem Moment gab Christiane Thies einen Kuss auf dem Mund und alles wurde schlagartig dunkel.

Was war geschehen?